RU SHI JI

如诗集

邢九彬 —— 著

长江出版传媒　长江文艺出版社

邢九彬

合伙人律师，1973年生于湖北黄梅。

诗歌作品散见于中国诗歌网、"法律人诗社"

微信公众号等。

一位法律人的诗人情怀

明玲

我与九彬律师夫妇成为朋友，缘于 2019 年春节受嘉禾集团钱总邀请，两家一起到美国加州度假。相识相交后，他尊称我明姐，我则喜欢称他邢总，尽管他是武汉一家知名律师事务所的高级合伙人，不是企业老总。

知乎上人们热议，每个人都要相交一位律师朋友。在我看来，这句话之所以引起热议，至少反映了社会上的两种现象：一种是大家的法律意识和维权意识的觉醒，一种是对生活中的困扰产生的无奈和惶恐。能够幸运地拥有一位勤奋、专业、诚恳、务实的律师朋友，我发自内心地高兴。

从美国回来后，我们之间的交往多起来。令我没有想到的是，邢总不但案子办得好，诗歌写得也很好。在诗歌界邢总是严谨务实的专业律师，在律师界他又是文采飞扬的诗人。无论是从事具体的法务工作，还是抒写抽象的诗句，他给我最直观的感受是真诚与朴实，当然，还有一点职业的智慧与机灵。我把这些美好的品行归根于他能很好地将理性与感性水乳交融在一起，以及他以人为本、追求真我的人文情怀与修养。

当收到邢总《如诗集》电子版的时候，我没有想到整天被法务缠身的他，竟然会写出许多既有真挚的家国情怀，又有浪漫的风花雪月的诗句。细读里面的诗篇，我读出了他心里浓浓的爱意——对妻子、父母、同事、师徒、朋友的爱，对大自然一草一木、一鸟一虫的爱，还有对国家富强、社会和谐与世界和平的赞美与热爱。

《人民日报》新媒体平台发布的邢总两首诗歌《七夕的笙箫》与《祖国，请你听我诉说》，我非常喜欢。

因为无法割舍喜爱的法官职业，邢总妻子在老家法院上班。自 2003 年经历"而立之年出乡关，妻娇子稚离别难"南下广州创业后，邢总一直与妻子聚少离多。

又是一年七夕，他一人独坐在武汉的办公室，静听手机循环播放《月色思念》洞箫曲。想起别离的妻子，感慨万千，含泪写下"远方人啊，你是否也会记起/秦少游的《鹊桥仙》。//醉过方知酒浓，/爱过才懂情有多么重。/经历无数次的离别，/还是守不住长相厮守的许诺/与曾经的海誓山盟。"我为他俩之间的伉俪情深，感动不已。我也为他最后能够感悟到"人生如逆旅，/为何我还要在意一朝一暮"而欣慰。

细心的读者一定会发现，诗集里面，他献给妻子的诗词数量最多，他甚至在《诗的孕育》第一节，机智地藏了妻子的姓名。邢总曾跟我讲过，《温暖》是献给妻子的一首赞歌。"家里窗户透出的灯光/温暖了我寸寸柔肠""你那温柔明亮的眼睛/温暖了我凄凄彷徨"是对真实生活片段的记叙与升华。他说，是家里的贤妻与广州的月亮把他培养成为一名多情善感的诗人。

"我心中热爱的祖国，/请你听我深情地诉说：/我是一名普通的海外学子，/我不会忘记肩负的使命，/你召唤的号角一吹响，/孩儿即奔赴考场奋力拼搏。"邢总把对在伦敦留学儿子的叮嘱，写进自己的诗歌，在祖国七十岁生日之际，真情地向祖国诉说与表白。

为献礼祖国七十华诞，赞颂祖国山河壮丽豪迈，讴歌我们伟大的新时代，邢总还组织单位年轻才俊朗诵自己在青海旅游时创作的诗作《松巴赞歌》，并请专业人员制作成 MV。央视公益频道、人民网、今日头条、热搜头条等各大网络媒体，陆续转载报道了这首深情献给祖国的诗歌。

"姑娘　激动的姑娘/当水兵已经归来　汽笛在鸣响/你快步跑上街吻出千年的芬芳……在纽约时代广场的大街上/陌生的水兵与护士/欢乐地吻出了胜利的篇章//在圣地亚哥的退役军舰旁/熟悉的海鸥与塑像/动情地记忆着和平的光芒"在我们一起参观圣地亚哥军港后，邢总抒写出的《世纪之吻》这首诗，让我亲自见证了他的诗人情怀，与他对世界和平的祝愿与希望。

"父亲　父亲/您走吧/不要回头　不要回头/不然您会看见/儿子站在您身后/泪流千行"。当邢总在父亲的追悼会上诵读《父亲，您一路走好》这首祭诗的时候，许多亲友情不自禁地泪流满面。"草木枯荣花开谢，黄鹤飞去不再来。""九载时光如电逝，依然对话辩死生。"这些纪念父亲的诗句，寄托了天下多少可怜儿女对已故亲人的怀念与哀思。

上面说了邢总的家国情怀，对祖国与家人的热爱。接着，我想说说他诗词中发自内心的感发，以及在抒写回忆广州诗句时所表现出来的真性情。最后，再谈谈他仿写的古体诗词，以及他对社会与人生的感悟。

老实说，对于诗歌，我也了解不多。但我非常认同关于诗歌的两个观点：一个观点是"发乎于情皆成诗"；一个观点是黄遵宪的"我手写我口"。我个人觉得，只要真诚地表达自己内心的情感，以诗歌的形式表现出来，就是好诗。读到《周末清晨》中"唧唧　唧唧/清晨/鸟儿在读云卷云舒的故事/倾听　倾听/内心深处花开花落的声音"的诗句，我们是否也该追问一下自己，我们已经有多长时间没有倾听自己内心的声音？

邢总在广州打拼了将近八年。他跟我讲，在广州的时候虽然经济收入微薄，但是广州开阔了他的眼界。他在广州见了世面，交了朋友，收获了友情。他的诗词中弥漫着一种剪不断的广州情结。

《人在旅途》下节是他对广州经历的诗意概括，也是失意总结:"我把最美的青春年华/搁在五羊衔谷穗的山坡/空着手回来/那朵娇羞盛开的红棉花/慰藉了我所有的失落"。红棉花是广州的市花,满树花开的时候,鲜妍多姿,热闹而壮观。或许有读者会有和我一样的疑问,他为什么专写"那朵娇羞"的红棉,而不写"那树怒放"的红棉?读一读《春愁》《想去成都街头走一走》《再别广州》《我也不知道》《仰望广州月》《我是一个顽皮的孩子》等诗歌,你或许能够找到答案。"是谁让我常忆红棉花开的城市/在梦里时分/牵引着我不停地回首"里面回忆的应该是一树一树的红棉花开。邢总既是一个真性情的法律人,又是个真性情的诗人,他手上捧着现实主义,心中藏着浪漫主义。因此,我们就不难理解他在诗词中所抒发的纠结情绪。我猜想,无论是"那朵"还是"那树"红棉,无论是诗歌中的"你"还是"她",都只是他在诗歌中幻化出来的一块耀眼的光斑,是他以内心的"红颜知己"为模特,聚焦、升华、诗化出来的一个诗歌形象。他通过对这个光斑与形象的想象与吟唱,抒发自己对广州温情岁月的无穷眷恋,对曾经相濡以沫的故交知己依依不舍的情感。"心里已经告别广州无数次/我也不知道/为何 还要怅然若失地/痴望着榕树上的根须着迷"。广州是个淘金的城市,也是一个既有"根",又没有"根"的城市。每一个闯荡广州的异乡年轻人,走在一棵棵榕树下面,多少都会有点游子的惆怅。邢总为何会对榕树的根须着迷,我就不多揣测,让聪明的读者去想象吧。

中华民族有着几千年传统文化，古诗词是其中璀璨的明珠之一。邢总说他非常喜欢古诗词中的言简意赅与抑扬顿挫，深爱其平仄韵味和音乐之美。他说本诗集不能发表，因为其中的古诗词平仄格律有缺陷，若将其公之于众难免会贻笑于方家。我则认为，仿写古诗词犹如书法中的临摹，只要写出韵味与意境，或者能够捕捉到自己内心情绪的感发，一样能够感动读者。品读他的古诗词作品，其中不乏或直抒胸臆或充满禅意，或气势磅礴或意境隽永的佳句。

"椒花素素，香不如菊。/人生苦短，宛若朝露。/百岁久久，终归泥土。"这些四言诗句颇有《诗经》文风。"雨中谒祖庭，古巷寻幽径。/禅房泡禅茶，莲花结莲心。"读《禅悟》里面的五言绝句，虽然未遵平仄格律，但是瑕不掩瑜，其间的古风与禅机，令人心生清静。

"贤妻如母嘘声唤，人间重回四月天。""人生难得糊涂日，寒鸦戏水亦鸳鸯。""雪压红豆千秋泪，雨打芭蕉万古愁。""云水禅心难彻悟，寒鸦戏水又何妨。""余岁愿当林涧叟，喜栽桃李满山开。""人生百年须谨记，自古兴亡一念间。""昭昭日月彰天意，念念慈悲救众生。"这些七言古体诗句，脍炙人口，常常令人掩卷长思。读罢，我仿佛看到了一个时而开怀、释然，时而惆怅、深沉的邢总，在医院、在湖边、在山林、在寺庙里，用诗意的文字精准地捕捉自己的情绪。

这本诗集是邢九彬律师，一位富有担当精神的法律人，一位富有激情的诗人的心灵之作。品读诗集所整体反映的，或个别特写的情绪与意象，我们不难看到一个有着诗人情怀的法律人，对社会、对人生、对自己独特的观察、体验与感悟。

读完诗作，再看邢总，其能"一心二用"，着实令我非常佩服！

是为序。

2021 年 11 月 23 日于武汉东湖

明玲，资深媒体人、武汉市作协会员，著有《另起一行》等。

有爱笔底生烟霞

湖北警官学院　黄石

我与九彬兄是高中同学，相交至今三十余载，在这期间联系未曾中断。九彬兄从学校毕业后开始在黄梅做律师，干了七八年后南下广州，又干了七八年，然后回到了武汉，现如今已是成功的法律人。但这些年事业发展的周折、心酸与不易，我略知一二，并感同身受。同为法律人，相同的家庭出身，以及相似的经历，我俩心灵之间有许多互通的地方，我猜想这也是九彬兄希望我为他的《如诗集》写点什么的原因。

记得初次读九彬兄的诗作是在 2009 年，他在当时颇为流行的 QQ 空间上面分享了一首恋爱时节写的《相依》，并在评论区留言："来广州七年，现实生活的不如意，总容易让人怀恋旧日的时光。如今已经找到抑制不良情绪的良方：与知心的朋友聊聊，把潮湿的心情拿出来晒晒。拿出十几年前写的一首小诗，作为我的第一篇网络日志。我想坚持写下去，也不知道自己有没有毅力坚持写下去。"其时，我正在武汉大学读博士，之前由实务部门辗转到学校，调整适应不是件轻松的事情，读到九彬兄的诗文，自是忍不住在评论区留言："幸福的感觉往往是在回想过去时悟得的，难解的心结拿出来晒晒可能有新收获。难得九彬兄这些年坚守自己的精神家园，品读你的文章别有滋味在心头。"

第二次读九彬兄的诗作也是在他分享的文章《结婚登记十周年纪念日记》里面，文中分享了一首写给他夫人的《愿意》。这次，他在评论区留言："十年，聚五年，分五年。因此，我对婚姻及家庭有自己独到的理解。经历是财富，没有分别的痛苦就没有相聚的幸福！"日志文章、留言与诗歌中所表达的对婚姻的感悟、对妻子的爱意与对家庭的责任，深深触动了我彼时的心绪。因为离职学习的压力导致无暇顾及家庭、孩子，内心的焦虑与不安自是难与外人道及，他的诗文不经意间让我颇生感慨："文章我是当天就读了，准备发短信祝贺，可又担心自己的语言难以表达内心的感动，便搁下了。再读后，又准备说点什么，但还是难找到恰当的语词来抒发感触。实际上，很多意境只有剧中人自己能有深切的体会，旁人有的只是点滴感慨，所以还是不就事说事，当然祝福永存心底！九彬兄能以自己的际遇予人以触动和体悟，很不易的事，当有非常的境界不可！"

说实在话，彼时我还没有特别关注他在诗歌方面的创作才情，只是大略感知到他事业的不易与彼时的心境。男人的情感表达总会与事业发展的境况相连。2011 年九彬兄回汉，随着事业渐入佳境，其诗文创作的力度和高度自然呈现出不一般的样貌。2019 年之后，九彬兄经常在微信朋友圈分享他的一些新作，有时贴出来的是即兴之作，有时是通过"法律人诗社"的微信公众号集中发布，有时是通过"中国诗歌网""人民日报客户端"等网络媒体发表。最令我感佩的是，他组织忠三所青年才俊将《松巴赞歌》录制成朗诵视频，献礼给祖国 70 华诞。曾有朋友美赞《松巴赞歌》"大手笔、大视野、大情怀"，我为他能超越个人情绪，在游览大好河山之际写出胸怀家国的诗作而感到由衷的高兴。除代表作《松巴赞歌》外，他的《世纪之吻》《八一礼赞》《祖国，请你听我诉说》《水调歌头·贺党百年华诞》充分表达了他对世界和平、对伟大祖国、伟大新时代以及伟大中国共产党发自内心的热爱。诗言志，"我行走在乡间小道上，／微笑着把法治的阳光播撒到／每一个渴望温暖的角落。"朴实而优美的诗句，真实体现了九彬兄作为一个法律人的家国情怀与社会担当。

很难说法律理性与文学感性不能兼容。自职业理性层面看，九彬兄是兢兢业业、严谨务实、有着社会责任担当的法律人。但品读完九彬兄收录在《如诗集》里面的近百首诗作，最打动我的还是他的"儿女情长"。《红楼梦引子》云："开天辟地，谁为情种？都只为风月情浓。"记得《蒋勋说红楼梦》里面有一句话："宇宙洪荒开辟以来，有很多人对活着并没有感受，活着与死亡也没有太大差别。所谓的情种是对生命有感受的。"从这个层面上讲，我认为九彬兄也是一个"情种"，一个不断浅斟低吟、感悟生命美好、放飞自我心灵的情种。因着对生命的热烈感受，九彬兄的细腻内心和柔情感性在这本诗集中有着充分体现。

《等待》《相依》《折只纸船》《鸟呓》传神地表达了我们那个年代初恋情人之间的相思期待、相守满足、喜悦希望与患得患失的朦胧感情。"今晚　我也点燃了灯盏/照亮屋前的小路/等待夜风　来把我的小红门/轻轻地叩响"。生活在即时通信年代的现代年轻恋人们，恐怕很难体会我们那个时代约会的心情，九彬兄把这种心情用诗句记录下来，分外令人感动。

从《愿意》中，我读到了一个男人对妻子的爱意与对家庭的责任，以及因热爱、尽责而产生的幸福与快乐。从《病中杂记》"贤妻如母嘘声唤，人间重回四月天"里，我读到了对伴侣的感激之情，并深切地体会到那份经过岁月沉淀之后的爱情，已经转化为相依相伴的亲情。《温暖》里面"家里窗户透出的灯光/温暖了我寸寸柔肠""你那温柔明亮的眼睛/温暖了我凄凄彷徨"，虽然记录的是普通的生活场景或瞬间，但是，确实能够温暖很多在外面为家庭劳碌奔波，负重前行，而又不那么成功如意的男人心。

每每知心朋友间聚会，九彬兄酒饮至恰到好处，便会谈起他自己得意的诗作。《七夕的笙箫》无疑是他最喜爱的一首，听说他数次在酒意微醺之际朗诵过这首诗，当诵读到"经历无数次的离别，/还是守不住长相厮守的许诺/

与曾经的海誓山盟"这句时，总是情不自禁地潸然泪下。《蝶恋花·相思鸟》中的词句："平地惊雷风雨暴，乱飞叨起相思草。""何日踏归桑梓道，朝朝暮暮同怀抱？"写出了他经历的坎坷与无奈。或许，正是生活的磨砺，与妻儿的离别之情，使得原本乐观开朗的九彬兄变得多愁善感，多了一份诗人气质。

蒋勋老师说："贾宝玉娶了薛宝钗，可面对这完美高贵的妻子，他的心中仍有一个遗憾，一个没有完成的东西，就是那个属于仙界的寂寞的林黛玉。""叹人间，美中不足今方信""纵然是齐眉举案，到底意难平"。无可置疑，每个男人骨子里都藏着一个贾宝玉，心里也都藏有一个薛宝钗或林黛玉。从这个角度解读《诗的孕育》，或许我们就能读懂九彬兄为何在"欣欣然，我张开双臂，／深情拥抱，／美丽、芬芳的花朵"之后，紧接着写"秋来了，我忘情追逐，／那片涂满绚丽色彩，／飘飘荡荡、婀娜多姿的云。"如果诗中"美丽、芬芳的花朵"是他的薛宝钗，那么那片"婀娜多姿的云"应当就是他心目中的林黛玉。九彬兄以诗人情感，用灵动文字捕捉到了自己内心对"林黛玉"的情绪，并以诗歌的形式展现出来，是其真性情的流露与释放，符合我们的人性。如果我们放下儒家的道德面孔品读相关诗句，或许我们可以欣喜地发现九彬兄的可爱之处。"晓风钩月，驼铃声起，／我宛如渴望怀孕的女人，／期待缪斯女神的降临。"九彬兄的过人之处在于，他能够把握心里的尺度与界限，最后把自己所遇到的美好感情，所捕捉到的心动与情绪，寄托在沙漠的驼铃声里，封存在一行行优美动人的诗句里。他渴望与他的薛宝钗"朝朝暮暮同怀抱"，薛宝钗才是他真正的"心头结"，他相信与薛宝钗的"长相厮守"，胜过"万千歌阕"。他知道"曹公铜雀，周郎赤壁，难锁双乔"，在都江堰，他许下心愿："愿她 也能分走/我心中奔腾不息的激流/愿她 也能排去/我心头挥之不去的沙垢"。他不再"痴望着榕树上的根须着迷"，不再想"山上 此时是否依然/桃花开满山坡"，他"悄悄地 掩上/长满嫩芽的心扉"，祝福心里幻化出来的"掩着面容羞羞答答"的林黛玉，如丁香花一样，"在梦幻的 季节/沐着雨吐露芬芳"。

如果诗集里所有的诗，都只是表达社会责任、家国情怀等儒家的东西，或许会显得有些单调或说教。以蒋勋老师的观点，薛宝钗是儒家思想里面的人物，林黛玉其实是道家思想里面的人物。九彬兄发给我的一段话，或许有助于我们理解他写给心中"林黛玉"的诗。他说："我不停地写广州的红棉、地铁、公园、山坡、河浦、榕树与明月，甚至那个她，我把自己陷入一种爱恋的情绪，我是在爱恋她吗？显然不是。我突然间知道了，我是在唱一首关于自己的恋歌，青春的挽歌。我站在人生的转折期，怀念自己过去的青春，怀念曾经的迷惘、探索与奋斗，失落、忧伤与欢愉。"九彬兄献给"林黛玉"的诗句，隐含着道家的思想，使这本集子多了些真实人性与情感审美，让我们看到一个真实可爱、多情善感、立体丰满的诗人形象。

九彬兄出生、成长于"参禅习武，吟诗作对，唱戏摘茶"的千年古县黄梅，自小耳闻目染禅宗故事。禅宗强调对生命体验的灵动感悟，这种思想也不经意间在诗集中得以呈现。《禅悟》《普陀归来》《腊月初四日请观音造像》《经岳王庙三上普陀山》写的都是参禅礼佛的经历与感悟。另外，诗集里面还有不少与佛家有关的句子："我在这里呀／在禅宗的祖庭里／祈求佛祖的加持""你禅唱《心经》／只为明眸善睐""风动幡动　仁者心动的／故事　还将在坊间流传千年""辉煌的霓虹灯，照亮庄严的大佛寺""佛说万物皆有灵性／生命有始就有终""只要它空性还在，／本来无一物，／何处惹尘埃""你知道不，我把对你的欢喜／藏在观音菩萨的慈悲里""经历弥勒圣地／袅袅禅唱／来到神秘的松巴古寨""请卷《心经》摆案头。／沏禅茶净修""参禅煮雪植稻稼，再不遭人唾骂"……我想，正是因为对生活际遇的敏感情思，九彬兄才能将禅的精神融入他的诗句。这些诗句表达的并不是九彬兄对宗教的信仰，而是他在生活中的顿悟与智慧，爱心与慈悲，修心与自律。

记得最早读九彬兄的诗文是在 2009 年，那是他的本命年，而他决定将诗作结集出版在 2021 年，也是本命年，或许是一种巧合吧。但在我看来，隐隐中当是他有意对自己的人生体验进行阶段性整理。文如其人，诗文贯穿的是他的生活际遇，其中却渗透了儒、释、道三家思想，让我们品读到了一个秉承中国优良传统的知识分子的情怀与修养。经过岁月的沉淀与磨砺，九彬兄并没有被法律人的世俗生活同化，而是坚持做真实、单纯又善良的自己，这非常难能可贵。

絮絮叨叨讲了一大堆，想来想去，还是决定以之前说过的话结尾：难得九彬兄这些年一直坚守自己的精神家园，其能以自己的际遇予人以触动和体悟，是件很不容易的事，当有非常的境界不可！

书生意气总成诗

——读《如诗集》有感

法律人诗社　晋言

"而立之年出乡关，妻娇子稚离别难。五羊衔穗萃楚庭，七女织锦寄东山。柳暗花明春已逝，峰回路转秋渐寒。人生百年须谨记，自古兴亡一念间。"

这是邢九彬诗兄新作《如诗集》中一首感怀自咏，戚戚然深得我心。也许是年龄阅历上的相仿，也许是诗人中年后的共情，还可能是对妻儿的思念，《如诗集》中很多作品均仿佛震颤的琴弦，引发我不自觉的共鸣。

日前，九彬兄佳作初成，向我约写一篇评论。惶恐之余，我不敢置喙臧否诗作高下，仅仅作为一名读者和文友，来表达一下诚挚的读后感。我能猜测"如诗"二字的自谦之意。九彬诗兄集子中的佳句颇多，仍不敢自诩为诗，这是对诗歌多么纯粹的敬畏和虔诚，值得我辈学习。在这一点上，我是深深理解他的。当年我将自己的诗集定名为《少作集》，也是存了"结束铅华归少作"的自悔之意。然而如今思来，和九彬兄的胸怀相比，我的三分自得自满真是令人汗颜。

每个人读诗，都是带着一生的执念在喃喃自语罢了。因此，读九彬兄的诗自然离不开他的诗心与我的性情，二者互相左右才会有诗的化学作用。

仆在北方，君在南国，然而诗歌为同好者结缘。人间的缘分和友谊如果可以划分高下，我想君子之交应该是最高境界，人人向往。我和九彬兄的缘分，大略可以划入这一境界。我们仅是平淡如水的诗友神交，缘悭一面；更兼具了法律职业共同体的身份认同，思维模式、人生经历、诗歌风格，都有相通之处。

十年来，我和妻子两地分居，很多诗词作品都是出于思念而作。带着这份共情再看九彬兄的作品，那种仿佛自前生而来的认同感油然而生。诗人无不是情感的奴隶！只有绝对忠于内心的情感，才能写出刻骨铭心的文字。九彬诗兄当如是也。

然而，九彬兄又在我辈"诗奴"中用性情杀出了一条心路，由此可谓是进化为一位真正的诗人。阅读他的诗歌，可以体味一位成功法律人的奋斗之路，可以感受一名荆楚男儿的书生意气，更可以感受一位红尘诗人的爱恨烟云。这也是读诗的最大妙处，我们不需要去获得什么知识道理，只在其中徜徉翻滚、沐浴呼吸，足矣。

山林之词清以激，感遇之词凄以哀。掩卷回味，对《如诗集》的评价唯有"感喟"二字。清词丽句、文章功业，卒读禁不住感喟"多情应笑我，早生华发"。这是我带着个人情感滤镜的观感和感喟，也是对九彬兄佳作最深的敬意。

　　而此时还未开卷的您，更宜去其中寻找您的感悟。如此佳作，值得一读。

　　　　　　　　　　2022 年 6 月 24 日夜 于北京

目　录

下篇　古体诗词

上篇

自由体诗

诗的孕育

欣欣然，我张开双臂，
深情拥抱，
美丽、芬芳的花朵。

秋来了，我忘情追逐，
那片涂满绚丽色彩，
飘飘荡荡、婀娜多姿的云。

晓风钩月，驼铃声起，
我宛如渴望怀孕的女人，
期待缪斯女神的降临。

我是一只小小鸟

我是一只小小鸟，
想飞也飞不高，
我只希望有一个温暖的怀抱。

我是一只小小虫，
从来不敢痴想，
把甘露与青草永远深情拥抱。

清晨醒来

清晨醒来，
儿子还沉睡在梦乡。
我悄悄下床，
捧起他小时候读过的
儿童版《诗经》。

对着汉语拼音，
带着浓浓的黄梅腔，
我一字一句读着：
"知我者，谓我心忧，
不知我者，谓我何求。"

清晨醒来，
妻子还沉睡在梦乡。
我轻轻下床，
捧起恋爱时候读过的
《叶赛宁诗选》。

陶醉在诗歌
优美韵律和节奏里，
我轻声朗诵：

"我沿着初雪的小径彷徨，
心中盛开着铃兰花。"

清晨醒来，
城市还沉睡在梦乡。
我悠悠地走进诗行，
在隽永的意境里，
追寻曾经迷失方向的远方。

春　愁

说是成都街头醉人的清酒，
说是漓江上漂流的竹筏。
有人问是谁撩起我的春愁，
我不敢说出你的名字。

我不敢说出你的名字，
有人问是谁撩起我的春愁。
说是漓江上漂流的竹筏，
说是成都街头醉人的清酒。

想去成都街头走一走

是谁让我喝下昨夜迷魂的烈酒
在惊蛰时节
撩拨着我惜春的清愁

是谁让我长听一首缠绵的恋歌
在酒醒时刻
安抚着我抑郁的胸口

是谁让我常忆红棉花开的城市
在梦里时分
牵引着我不停地回首

是谁让我向往有玉林路的成都
在灯灭时候
幻想着我行走在街头

我在这里呀

我在这里呀
在原野的清风里
闻着青草的气息

我在这里呀
在乡村的蛙鸣里
感受夜晚的静谧

我在这里呀
在温柔的梦乡里
守候约好的归期

我在这里呀
在惊鸿的一瞥里
留恋夏花的绚丽

我在这里呀
在禅宗的祖庭里
祈求佛祖的加持

我在这里呀

在最美的年华里

等一闪而过的你

周末清晨

隆隆　隆隆
清晨
窗外传来车水马龙的声音
辗转　辗转
睡眼蒙眬难舍春闺梦里人

咕咕　咕咕
清晨
远处传来布谷催耕的声音
起身　起身
倚靠床头捧起喜爱的"蒋勋"

唧唧　唧唧
清晨
鸟儿在读云卷云舒的故事
倾听　倾听
内心深处花开花落的声音

江城的雨巷

撑着油纸伞
你出现在　江城
哗啦啦的雨巷

透过玻璃窗
我看见了　诗中
丁香般的姑娘

雨巷　雨巷
不见寂寥　惆怅
哀怨与彷徨

丁香　丁香
我也喜欢　你的
颜色与芬芳

终于　我可以
走进诗人的　雨巷
迎逢诗意的丁香

终究　你还似

走出诗行的　姑娘
飘过颓圮的篱墙

雨巷　雨巷
重又回到　诗中
悠长悠长的模样

丁香　丁香
在梦幻的　季节
沐着雨吐露芬芳

醉言醉语

端砚研磨出来的墨汁
写过　无数千古佳话
在七星岩的芳菲径畔
月儿掩着面容羞羞答答

有一些痴情的话
珍藏在心底　是一份美好
写进诗词是一种浪漫
切不可以在酒醉后表达

春蚕与秋蝉

我愿意　是一只春蚕
吃进一片片桑叶
吐出　万缕千丝
做一件件华美的衣服
装扮你的整个四季

我愿意　是一只秋蝉
选择一个夏日的午后
在柳荫下唱支歌
告诉你　我满心的欢喜
然后振动薄翼离去

猴子观海

你从远方赶来看海
只为梦里的仙阁蓬莱
猴也好　蟾也好
你瞪大眼睛
只为看清未来

你站在岸边观望海
是不是知道我还会来
思也好　想也好
你禅唱《心经》
只为明眸善睐

冬之将至

三月的一阵春风
在湖面　吹起一片片涟漪
杨柳岸边　长满嫩芽的
枝条　在水面舞蹈

广州法性寺
惠能　在这里受戒开坛
风动幡动　仁者心动的
故事　还将在坊间流传千年

明知那坛尘封的老酒
喝一口　就会醉
你为何又偏要打开它
冬之将至　你又伤感一回

再别广州

匆匆地我来了，
背着轻盈的行囊；
我匆匆穿梭在，
花城的大街小巷。

辉煌的霓虹灯，
照亮庄严的大佛寺；
古老的北京路上，
饮食男女川流不息。

静静地坐下来，
安心品尝一顿素斋；
在清净的梵乐里，
我冥想着佛祖如来。

珠江边的灯光，
依旧璀璨而华丽；
妖娆的小蛮腰，
风姿绰约，亭亭玉立。

路灯下繁花锦簇，

在抵御夜风的凄凄；
我行走在街头，
也感觉到丝丝寒意。

电话那边的你，
话语还是那么熟悉；
我奔赴千里而来，
其实是为了告别你。

我想乘地铁一号线，
到东山口走一走；
我想去培正一横路，
瞧一瞧，怀怀旧。

我想去东山湖公园，
看湖畔满树花开；
我想站在新河浦边，
看水中倒映的云彩。

匆匆地我来了，
正如我将匆匆地别离；
我从远方赶来，
只是为了深情告别你。

西子湖边的梦

轻轻地　拉上
旅店房间的双层窗帘
把月光星光灯光　挡在外面
天亮了
阳光还是从缝隙间透进来

悄悄地　掩上
长满了嫩芽的心扉
把小桥流水飞红　关在里面
梦醒了
思绪还是从手指间流出来

我也不知道

我行走在中山七路的街头
寻觅着　西关旧日风情
我也不知道
能不能再次邂逅曾经的你

路边一个绿色斑驳的邮筒
引起我　猜想
在这电子通信的时代
还有谁会将情书投向这里

一个穿着碎花红裙的姑娘
撑着伞　从远处走过来
我也不知道
为何要遐想那会不会是你

心里已经告别广州无数次
我也不知道
为何　还要怅然若失地
痴望着榕树上的根须着迷

想起徽因

康河柔波里
水草含羞
石桥　此刻会否记得
徽因曾经走过

人间四月天
芳菲已尽
山上　此时是否依然
桃花开满山坡

仰望广州月

有时候　你升在湖面
好似温柔的太阳
暖了我浅浅的希望
有时候　你挂在窗前
好似明净的玉盘
托着我深深的愁肠

难舍难分的广州月啊
无论　我待在哪里
你总要藏进我的心房
阴晴圆缺的时候
你可曾在意我的惆怅

人在旅途

我把青涩的少年心事
藏在苏仙醉卧过的东坡
低着头回来
那方从海边出发的邮票
安慰了我所有的寂寞

我把最美的青春年华
搁在五羊衔谷穗的山坡
空着手回来
那朵娇羞盛开的红棉花
慰藉了我所有的失落

我是一个顽皮的孩子

我是一个顽皮的孩子
向一片如画的湿地
扔去　几块泥土
惊起一滩滩鸥鹭

我请你不要　不要
因为我顽皮的好奇生气
一行行飞天的白鹭
是我心中　曾经珍藏的
一道道风景

我是一个顽皮的孩子
向一片如镜的湖面
扔下　几块瓦砾
激起一阵阵涟漪

我请你不要　不要
因为我顽皮的童真生气
一圈圈荡漾的水波
是我心头　情绪萌发的
一句句诗情

都江堰怀想

桀骜的岷江　原本
似一个性情狂野的少年
李冰设计的分水鱼嘴
飞沙堰　宝瓶口
把他引导成温润的君子

来到跨越千年的都江堰
我许下一个小小心愿
愿她　也能分走
我心中奔腾不息的激流
愿她　也能排去
我心头挥之不去的沙垢

望星空

我在太湖的一个小岛上
仰望星空
天上的星星　越数越多
其实　我心里知道
无论春夏秋冬
那颗星已淡出我的苍穹

强说的秋愁

儿童时期的秋愁
连着外婆家的葡萄藤
望着亮晶晶的青涩果子
伙伴们都垂涎欲滴

少年时期的秋愁
连着父母远赴吴疆的背影
记得那个醒来的清晨
心里隐藏着淡淡的别离

青春时期的秋愁
连着一湾清澈的东港水
高考放榜那天等她的心情
已经深埋在我的记忆里

不曾想　　人到中年后
我也会向天边的云彩招手
望着一眸清澈的秋水
为赋新词强说愁

青花瓷杯祭

佛说万物皆有灵性
生命有始就有终
我不知道　你会
选择今天离开我而去

不是你选择离开我而去
是我失手打碎了你
你脆美如玉
怎么禁得起落地的委屈

回首春秋寒暑
回味你温润的香唇
纵然　我有万分不舍
你还是伤心地离我而去

七彩的虹

虹是中国上古神话里，
女娲补天济世时熔炼的五色石。
虹是阿拉伯神话里，
哥沙赫休息时挂在云端的弓。

虹是希腊神话里，
信使艾瑞斯在天地间行走的道路。
虹是《圣经》里，
上帝与诺亚及其子孙立约的信物。

你赞叹旅途上空，
七彩的霓虹，
我因此想起你唱过的歌：
《哭过的天空》。

虹是补天的彩石，
能不能弥补我酒醉后的心洞？
虹是天神的弯弓，
能不能把我的心射向你的苍穹？

虹是上天的道路，

能不能引领我走进你的心中？
虹是上帝的信物，
能不能永葆你我的海誓山盟？

虹是相思的鹊桥，
有人在桥头吹起别离的笙箫。
愿你踩着虹进入我的梦，
你我一起吟诵那首《再别康桥》。

虹是夏雨的精魂，
娇艳地挂在哭泣过的天空。
你是笑吟吟的精灵，
在我心中划下一道不落的彩虹。

鸟呓

天空飞来一只青鸟
一只忧伤的鸟雀

你扬起手　迎住她
捧在激烈跳动的胸前
听她
哀怨地轻呓
过来过来　离去离去

晚风亲吻着帘纱
夜虫　在不停地唧唧
没有月亮和星星陪伴
你是否　听得清
听得清秋虫多情的呓语

折只纸船

你把没有说完的心情
折叠成一只不带篷的纸船
你采摘几颗浅蓝色的满天星
点缀在纸船上方

你说　不用罗盘
诗中逗点一样的小花会指引方向
你说　不用风帆
清风是船儿行驶的双桨

折只纸船
你说　折只纸船在水库里流放
流放
那带着潮气的亘古的忧伤

折只纸船
你说　折只纸船从远方载回
载回
绿水青山倒影鸟鸣春的梦想

等　待

今天　怎么和昨天不一样
墙边年轻的梧桐树
一身新装　还不断伸手
讨求旁边泡桐树的花香

窗前土围上盛开的海棠
含着　鲜艳的笑靥
石榴旁盛开的朝天椒
早已经羞红了长长的脸庞

不愿意西去的　斜阳
把恋恋的余晖洒在床头
梧桐枝上那只小鸟　不停地
一边跳跃　一边歌唱

今晚　我也点燃了灯盏
照亮屋前的小路
等待夜风　来把我的小红门
轻轻地叩响

相 依

倚着石栏依在你的身旁
远处灯火点点住着祥和的村庄
凤凰鸟招走了马致远的昏鸦
值夜的星星稀稀疏疏蓝光闪亮

倚着石栏依在你的身旁
不再想断肠人在天涯
也不唱秋娘渡泰娘桥风雨潇湘
静静听桥下传出轻轻的流响

倚着石栏依在你的身旁
河水滋润了心田和灵魂
也无情地带走了时光
恩赐地留下一串串朦胧的怀想

觅　梦

——献给曾经的律师资格考试

踏着年轻的梦痕

穿越数不清的　春绿秋黄

你终于站在

诗人吟赋大江东去的地方

遥望　未来将要走的路

你总也停不住寻觅

寻寻觅觅出　忧伤

梦幻　与许多

生生不息的艰辛足迹

觅梦啊　梦中不停寻觅

明珠照耀下的路标

寻觅　神话故事里

凤凰鸟栖息过的梧桐枝

我骑着摩托车徐徐回行

我骑着摩托车徐徐回行
冬日夕阳照着宽阔的道路
如诗行一样排列的白杨树
不言不语处子般的安静

远处村庄炊烟还没有升起
一旁田亩悠闲地听我心底的歌
无忧少年对挑着羽毛球
凿墓碑的匠人不停打凿着碑石

我骑着摩托车缓缓回行
银灰色路面上横斜着树木影痕
枝头小鸟你莫要在镜中窥觑
羞了我穿着浅红色外衣的情人

愿　意

我愿意是一只金色的蜜蜂
翩飞在油菜花丛中
采集阳光　采集芬芳
把我的快乐　把我的劳动
献给我的主人

我愿意是一位辛劳的奴隶
穿梭在阡陌田园中
放飞　千万只美丽的蜜蜂
把主人的希望　把主人的汗滴
酿造成飘香的果实

七夕的笙箫

传说又一次萦绕在耳边，
在现代文明的夜空下，
牛郎织女再也看不见。
远方人啊，你是否也会记起
秦少游的《鹊桥仙》。

醉过方知酒浓，
爱过才懂情有多么重。
经历无数次的离别，
还是守不住长相厮守的许诺
与曾经的海誓山盟。

在日光下听一曲，
《月色思念》的箫声。
在静静的思绪里，
把心里浓云
化成一滴一滴的玉露。

灿烂星汉，迢迢银河
见证了古往今来，
多少人间悲欢离合。

人生如逆旅，

为何我还要在意一朝一暮。

温　暖

夜归的时候
家里窗户透出的灯光
温暖了我寸寸柔肠

孤旅的时候
柳梢上面悬挂的明月
温暖了我痴痴梦乡

洒脱的时候
苍穹里面眨眼的星星
温暖了我闪闪希望

困惑的时候
你那温柔明亮的眼睛
温暖了我凄凄彷徨

松巴赞歌

我们从长江走来
穿越香巴林卡
到塔尔寺虔心参拜
经历弥勒圣地
袅袅禅唱
来到神秘的松巴古寨

我们乘黄鹤飞来
穿越时空
来到黄河岸边
隐世的松巴古寨
在藏民的桃花源里
感叹青海高原的情怀

我们爬上乱石垒台
极目远望
奔腾东流的黄河水
浩荡汇入渤海
雄鹰在高原上空盘旋
鸣赞山河壮丽豪迈

我们走进古老的山寨
千年神柳历经沧海
潺潺流水
奏鸣出哗啦啦的天籁
池塘水面的睡莲
把江南迁徙到塞外

我们走进古寨的桑田
五谷不分
认不出青稞与小麦
夕阳西下
摇曳的格桑花
在田间绽放绰约的风采

我们从长江走来
驻足在黄河边上的
松巴藏寨
仰望小木屋顶的星空
围着点燃的篝火
唱出跳出伟大的新时代

鼓浪屿怀想

鼓浪屿呀，鼓浪屿
你不是观音菩萨的道场，
却有人对你充满敬仰。
你没有蓬莱仙境的缥缈，
却有人对你充满幻想。

鼓浪屿呀，鼓浪屿
你可知道我曾在滨海大道上，
踮着脚把你深情张望。
再一次与你擦肩而过，
我心里是多么地无奈与惆怅。

大别山月

轻轻地放下手中书
啜饮一口茗茶
我熄灭旅店房间灯光
一个人　静静地站在窗前
仰望大别山上空的月亮

皎洁的月光
洒向大别山的峰峦叠嶂
激荡的溪流碰撞出绵延的轰鸣
精灵的秋虫
啾啾唧唧　不停地欢唱

时而挂在五祖禅寺的
菩提树梢上
时而悬在将军故里的原野田间
今夜　山月又风情万种地
照向天堂寨的客房

无论是在东坡谪居的古城
还是　在魂牵梦绕的广州
大别山月啊

你总如母亲点亮的那盏明灯
牵动着孤独旅人的衷肠

八一礼赞

今天　我又一次站在
幸福湾公园矗立的
恽代英简介牌旁
诵读"已摈忧患寻常事，
留得豪情作楚囚"的诗句
纪念烈士的肝胆与衷肠

今天　我又一次站在
清澈的南湖岸边
观看　鸥鸟在蓝天白云下
贴着水面展翅飞翔
婀娜多姿的杨柳枝
尽情沐浴着灿烂的阳光

今天　我又一次站在
碧绿的荷叶旁
观赏洁白的荷花　傲然绽放
一只温顺的白猫
倚在青草地上
贪婪吮吸着荷的清香

顽皮的鱼　跃出水面
许多精灵的小鸟
在湖边　不停地寻觅与鸣唱
快乐的孩子
穿越红丝带雕塑
捉蜻蜓　捉迷藏

今天　城市上空没有枪响
一位大校的诗　激起了
无数男儿的豪情与怀想
我忍不住　也要赋诗
礼赞卫士们　以铁肩与热血
铸就了幸福湾祥和的景象

世纪之吻

水兵　勇敢的水兵
当你战斗在蔚蓝的大海上
你多么渴望胜利的号角吹响

水兵　年轻的水兵
当你倚身在军舰的舱舷上
你是否思念恋人温柔的臂膀

水兵　激情的水兵
当军舰已经归来　停靠在军港
你疾步奔上岸约会心爱的姑娘

姑娘　善良的姑娘
当你穿梭在天使的岗位上
你多么渴望和平的钟声敲响

姑娘　年少的姑娘
当你凝神在花园的玫瑰上
你是否甜蜜想起梦中的情郎

姑娘　激动的姑娘

当水兵已经归来　汽笛在鸣响
你快步跑上街吻出千年的芬芳

哦哦　水兵
你臂弯拥抱的不是你的恋人
哟哟　姑娘
你香唇亲吻的不是你的情郎

在纽约时代广场的大街上
陌生的水兵与护士
欢乐地吻出了胜利的篇章

在圣地亚哥的退役军舰旁
熟悉的海鸥与塑像
动情地记忆着和平的光芒

美丽江城欢迎你

来吧，亲爱的朋友
美丽江城欢迎你
欢迎你来到止戈之地
赴一场和平之约
亲身经历见证
泱泱华夏的勃勃生机

来吧，亲爱的伙伴
美丽江城欢迎你
我们敲响曾侯乙编钟
献给你文明古邦的礼仪
我们一起极目楚天
登楼追寻黄鹤的仙迹

来吧，亲爱的朋友
我们牵手去湖心绿道
迎接明天的晨曦
在醉美东湖的怀抱里
感受到湖城相融的优美
与绿色诗意

来吧，亲爱的伙伴
我们相约在长江边
踏上长江第一桥
去知音相遇的古琴台
寻觅高山流水的故事
拜一拜伯牙与子期

美丽江城欢迎你
一场秋雨过后
江城的天空如洗
丹桂夜里飘香沁人心脾
我们一起漫步江滩
品赏秋月的明净与静谧

来吧，亲爱的朋友
和平鸽衔着星光
飞出一条七彩的丝带
可爱的中国传人
已将希望的圣火采集
在爱的使者手心间传递

来吧，亲爱的伙伴
我们一起奔跑、飞行、射击
同台竞技，共享友谊
我们一起以青春的热血

创军人无上荣光
筑世界和平之堤

来吧，亲爱的朋友
我们一起举杯祝愿
相聚的友谊如茶香飘越万里
来吧，亲爱的伙伴
我们一起衷心祝愿
和平的钟声借东风传向天际

寄言桃李

你给我寄来桃，寄来李
你是不是已经听说
我曾经的理想是
做一个辛勤的园丁
在山坡上，在田园里
栽桃种李

你怎么知道，我时常怀念
外婆家门口的桃子
那里有我童年的记忆
你怎么知道，我时常驻足
凝望路边满树的李花
感悟桃李不言，下自成蹊

或许，我也只能做一名园丁
刨土，浇水，施肥
春华秋实，花开花落
全凭阳光雨露和你自己
你知道不，我把对你的欢喜
藏在观音菩萨的慈悲里

咏牛诗

一个吹着笛子的牧童
骑在水牛的背上
居高临下地看着杜樊川
他机灵地转过身　指向
远处杏花村招摇的旗幡
从此　诞生了一首
清明时节雨纷纷的绝句

一个破帽遮颜的斗士
躲进闹市的小楼
拿起笔解剖不幸的时代
他想起甘为孺子　俯首
扮牛衔绳爬行的齐景公
从此　诞生了一首
横眉冷对千夫指的新诗

沉思的鸟

我是一只喜欢沉思的鸟
孤独地站在树枝上
思考——
我有一双坚硬的翅膀
为何还要担心树枝会断掉

我是一只喜欢沉思的鸟
忧郁地站在树枝上
思考——
我有一颗自由的心灵
为何不敢把蓝色天空拥抱

我是一只喜欢沉思的鸟
迷茫地站在树枝上
思考——
我憋屈着会唱歌的嗓子
为何还会成为猎人的目标

蒙尘的银壶

突然间醒来，
为那把生锈银壶，
心生悲哀。
本来应该爱惜它，
时时勤拂拭，
勿使惹尘埃。

转念间又想，
只是一把壶而已，
何须悲哀？
只要它空性还在，
本来无一物，
何处惹尘埃？

仙风鹤骨

或许，我永远也读不懂
白鹤的仙风傲骨
我只知道
在我的心池里养有许多小鱼
可以喂养仙境的鹤与鸽

或许，我也永远读不懂
孔雀舒展的彩翼
我只知道
听着你朗读我抒写的情诗
我忍不住地掩面恸哭

你读出了我的心思
但是，你的柔情我永远不会懂
因为你有你的归宿
我有我作为诗人的孤独
偶尔的交集永远只是美丽的梦

鸡王之歌

来不及唤醒最后一个沉睡的魂灵
你是甘落凡尘的仙子
一声长鸣
告别了曾经威风的世界
回到属于你的天国

回到属于你的天国
告别了曾经威风的世界
一声长鸣
你是甘落凡尘的仙子
来不及唤醒最后一个沉睡的魂灵

父亲，您一路走好

父亲　您知道吗
夜深人静的时候
我独自守在您的灵柩前
端详着您的面容
我真害怕惊扰了您睡觉
您睡得如此宁静安详

夜晚来探视的清风
你告诉我
我父亲真的走了吗
如果没走
为什么他的床前供着遗像
还摇曳着红烛亮光

父亲　父亲
您开口告诉儿子
您真的走了吗
如果真的走了
您怎么会舍得邢戈与诗扬
还有我的阿娘

父亲　好父亲

您不要哄骗我了

您真的狠心离去了

冰冷的棺盖

已将您与我分隔在不同世界

您脱离凡尘去了天堂

父亲　您走吧

天堂里面没有病魔债务

也没有辛劳与哀伤

您在那里会收到

象征吉祥富贵的花圈

静享绵延不断的馨香

父亲　您放心地走吧

我会悉心照顾您放心不下的

老伴——我的娘

您在那边一定要记得打电话

我们时刻离不开您的

叮咛鼓励与笑语朗朗

父亲　父亲

您走吧

不要回头　不要回头

不然您会看见

儿子站在您身后
泪流千行

父亲　您走吧
再看一眼烟水亭黄鹤楼
您就走吧
通往天国的路途上
铺满了盛开的乡村油菜花
天国里没有病魔与哀伤

雪花膏　手帕

妈妈告诉我
那时候
爸爸在她枕下　放了
一块雪花膏
一块手帕

妈妈还告诉我
她已打算好
再见面时　把它们还给爸
可是爸不再见她
只托媒人把她接到家中

我　想

春姑娘纤手打开关闭的栅栏
阳光的味道在田野荡漾

我想与你牵手漫步到东湖畔
看柳丝妩媚地亲吻着波浪

我想陪伴你去珞珈山上徜徉
看樱花如雪片般飘扬

我想悄悄地走近人间四月天
听燕子双双呢喃于檐梁

我想轻轻地走进微雨的古巷
寻找那枝吐着芬芳的丁香

我想变成一只深情的黄鹂
在新绿的水杉间谱写着诗行

我想变成一只黄嘴白鹭
在青海的河湟上婀娜飞翔

我想变成一只吉祥的喜鹊
衔着春光飞到你的闺房

我想哪怕是变成一只灰麻雀
也要扑哧到你的窗前清唱

我还想找到那只咕咕布谷鸟
感谢它唤醒我梦中的迷茫

我还想找到那只威武的雄鹰
感谢它日夜守护灵山之光

四季恋歌

春花正在眷恋地告别丫枝，
如果它恰好飘落到，
你的手心，或你的发际，
请你不要叹息——
它轻盈无语地别离；
也请你不要疑惑，
它会否化作护花的春泥。

夏雨正在快乐地扑向大地，
如果它恰好冲撞到，
你的水闸，或你的涟漪，
请你不要惊悸——
它像孩子一样顽皮；
也请你不要猜想，
它会否回归到大海故里。

秋云正在悠闲地路过菊篱，
如果它恰好投入到，
你的波心，或你的怀里，
请你不要讶异——
它婆娑变幻的迷离；

也请你不要询问，
它会否在草原上空皈依。

冬梅正在傲然地绽放孤寂，
如果它恰好魂牵到，
你的窗前，或你的袖衣，
请你不要沉迷——
它浮动扑鼻的香气；
也请你不要思想，
它会否在雪中留下痕迹。

下篇

古体诗词

赠美人春兰兮

赠美人春兰兮，愿见其素心。

赠美人夏竹兮，愿见其虚怀。

赠美人秋菊兮，愿见其品行。

赠美人冬梅兮，愿见其风姿。

赠美人芒种兮，愿见其满足。

赠美人谷穗兮，愿见其惭愧。

赠美人松柏兮，愿见其禅定。

赠美人桃李兮，愿见其智慧。

赠美人古琴兮，愿见其从容。

赠美人闲棋兮，愿见其优雅。

赠美人贤书兮，愿见其和平。

赠美人墨画兮，愿见其清净。

追悼舅娘

柳枝依依，舅挽糟妻。
恐其走远，筑冢村西。
野草离离，邻妯失娌。
念其旧好，向隅而泣。

豇豆长长，汝思阿娘。
哀其劬劳，黯然心伤。
河水漾漾，我祭舅娘。
悲其逝去，泪流满眶。

稻禾油油，吾母心忧。
忧兄失伴，夜长难守。
豆禾稠稠，吾母何求。
寄居篱下，难言离愁。

椒花素素，香不如菊。
人生苦短，宛若朝露。
百岁久久，终归泥土。
呜呼哀哉，咏叹此曲。

霞浦观日落

霞天落日圆，浦水泛余晖。
海鸟舒孤翅，七星列斗飞。

旅店阳台观沧海

清晨观沧海，醉卧浪涛声。
远望天接水，双人踏浪行。

观朝霞偶感

海鸥本无求，彩云亦无忧。
本来两无意，天作成佳偶。

禅　悟

雨中谒祖庭，古巷寻幽径。
禅房泡禅茶，莲花结莲心。

春节思乡

美酒伴咖啡，春立除夕回。
他乡桃符日，游子梦中归。

贺岳母七十寿辰

金猴迎玉虎，志靓娶姣娥。
子女双双孝，邻居日日和。
生辰逢岁旦，把墨赞春泽。
望眼挥毫处，梅花亦已歌。

晨起闻春雷偶感

雷鸣云不拒，电闪鸟无惊。
仕女簪花落，失颜怨画屏。
春风裁细叶，喜雨沁浮萍。
滚滚江潮水，咕咕布谷情。

感遇春风抒怀

长江洪水寂，泰姆浪涛疾。
大本钟声落，寒鸦聒噪啼。
英伦云漠漠，楚地雨凄凄。
幸有春风顾，杨花许柳堤。

腊月初四请观音造像

心生妄念恼烦深，志向迷离欲断魂。
普济归来结善果，观音驾到度俗身。

父亲去世三周年祭

今逢忌日立桥旁，雾笼沙湖落雁翔。
绕岸独行寻胜景，松菊抹泪诉衷肠。

有感家中兰花开
——祭父去世五周年

阳台茉莉嫩枝裁，寂寞兰花淡淡开。
户外桃枝红不久，可怜绿叶万年哀。

六周年祭父

又一年吊兰花开，又一岁玉兰翠柏。
草木枯荣花开谢，黄鹤飞去不再来。

六月十八日梦见父亲

观音怜我忆亲情，引父凌晨入梦行。
九载时光如电逝，依然对话辩死生。

欣见篱上月季偶感

湖边草色绿茵茵，几缕春阳落树林。
欲举镜头追喜鹊，却朝篱上嗅芳馨。

赞"大庄酩馏"青稞酒

大美高原花似海，庄生骑鹤入蓬莱。
酩酊大醉贪一饷，馏液琼浆意满怀。

咏武夷山茶

三坑两涧仙人画，肉桂飘香小种佳。
峭壁斜栽千岁树，红袍御赐挂枝丫。

贺三国赤壁龙虾音乐节

小乔秀色陪吃虾，周郎挥剑美酒洒。
诸葛东风裙袂舞，曹公赋诗锁红纱。

普陀归来

普陀归来春意浓，雪窦山中觅花丛。
一泡禅茶藏银壶，无限感慨法眼中。

沙湖漫步

——附和何士青老师诗作

晚月斜挂晨色中，落叶归根树已空。
悠然漫步林间道，欣见红花暖寒冬。

俯瞰菱角湖偶感

山雨欲来风满楼，从容不迫淡定瞅。
任他前路多荆棘，胸怀坦荡心自悠。

贺冬静生日

冬日暖阳正当头，静思月色情长久。

一张一弛谓之道，来日方长杯中酒。

合欢花开

合欢花开喜洋洋，误将其名称凤凰。
人生难得糊涂日，寒鸦戏水亦鸳鸯。

庚子年末偶感

韶华虚度鬓毛衰，幸有诗词寄未来。
余岁愿当林涧叟，喜栽桃李满山开。

虎啸春谷

田间乌犍卸枷犁，岭上於菟卧雪栖。
一剪寒梅传候信，花开春谷啸声希。

本命年抒怀

而立之年出乡关，妻娇子稚离别难。
五羊衔穗萃楚庭，七女织锦寄东山。
柳暗花明春已逝，峰回路转秋渐寒。
人生百年须谨记，自古兴亡一念间。

观古筝演奏抒怀两首

其一

一老一少舞霓裳，一柱一弦蕴意长。
东海渔歌筝乐起，南湖碧水漾声扬。
千金难买少年时，日近黄昏亦闪光。
人生百年弹指间，得尽欢时莫彷徨。

其二

童颜鹤发俱红装，笑语欢歌喜气洋，
俯首勾弦弹徵羽，垂眉摇指奏宫商。
杨柳飘絮吹杨柳，凤凰开花引凤凰。
云水禅心难彻悟，寒鸦戏水又何妨。

经岳王庙三上普陀山

武穆坟前祭烈魂，观音道场觐禅庭。
西湖有幸埋忠骨，普济因缘供净瓶。
岳帅精诚扶社稷，菩提化苦度迷情。
昭昭日月彰天意，念念慈悲救众生。

元旦寄语

岁末诳言春色柳，韶光虚掷草含羞。
雪压红豆千秋泪，雨打芭蕉万古愁。
岩骨花香茶有韵，诗情画意室藏幽。
一壶浊酒江湖远，胜日寻芳鹦鹉洲。

贺安娜新婚

蕲黄巷里梅枝壮，嫁接南方沐艳阳。
培正路边居陋室，烟墩校苑读寒窗。
东郊伴鹤亲风月，北国含香迎雪霜。
应幸与君莲并蒂，花开浦地傲群芳。

赞博麟壮志

海外归来碌碌忙，南下鹏城黯黯伤。
欣闻滨城传捷报，效步杜甫赴洛阳。
草原雄鹰搏长空，精忠报国麒麟郎。
胸怀航天明大志，青春放歌奔远方。

病中杂记

鹏城京城一线牵，新卷旧卷双压肩。
但求沉疴痼疾除，师徒同住新华苑。
华佗妙手回春日，麻沸散尽苦难言。
贤妻如母嘘声唤，人间重回四月天。

卜算子·立春

星斗柄回寅，窗外梅花静。
鸟雀枝头独往来，闲弄春光影。

暖阳照南墙，墙内人初醒。
有幸灵山献雷火，圣女躬身请。

天净沙·立春

天高云淡和风，
草长莺语花丛，
绿叶黄橘雨中。
白玫欢颂，
蟹香鱼嫩糍浓。

天净沙·端阳

菖蒲艾草雄黄，
纸鸢红蛋绳囊，
楚粽龙舟鼓响。
月钩初上，
夜合栀子飘香。

如梦令·春分

昨夜贪欢醉酒，
闲梦落红消瘦。
窗外晓莺啼，
枝上海棠依旧。
寻柳，寻柳，
湖畔绿垂波皱。

长相思·江水流

江水流，汉水流，
流到汉阳鹦鹉洲。
芳草怅晚秋。

醉悠悠，悔悠悠，
请卷《心经》摆案头。
沏禅茶净修。

醉高歌·持戒

醉中仙境人家，只是一时幻化。
席间挥袖真潇洒，醒后惊心害怕。
春天梦里飞花，夏夜书房牧马。
参禅煮雪植稻稼，再不遭人唾骂。

忆秦娥·七夕

琴箫咽，中年倚梦江城月。

江城月，柳梢羞涩，鹊桥难别。

怀思满树花时节，泡桐香惹心头结。

心头结，长相厮守，万千歌阕。

忆秦娥·遵义

湘水咽，惨云笼罩一江血。

一江血，征途漫漫，几多英烈。

山高路远从不懈，旗插遵义从头越。

从头越，东方欲晓，马蹄飞跃。

钗头凤·青海游

蓝穹罩，青山绕。
满眼红颜竞娇傲。
境如画，镜映纱。
执子之手，燕尔初嫁。
姹、姹、姹。

云水俏，牛羊笑。
青海湖边野花闹。
轻抚发，倩影斜。
风雨同路，桑麻共话。
洽、洽、洽。

人月圆·贺同窗黄石博士喜添二宝

黄梅自古钟灵地，书卷伴贫家。
参禅习武，吟诗作对，唱戏摘茶。

下邳桥上，黄公三略，助汉征伐。
今朝何乐？梁间老燕，弄语新娃。

人月圆·庚子年立秋

人间天上多欢乐，苦短叹春宵。
秋来江畔，风轻云淡，月皎花娇。

归回旧梦，雪间红豆，雨里芭蕉。
曹公铜雀，周郎赤壁，难锁双乔。

人月圆·国庆逢中秋

灯笼双挂红旗展，秋染万重山。
蓝空无际，鸥翔云集，天地同欢。

一轮明月，清辉普洒，情满人间。
桂花闲落，甜香四溢，沁彻心田。

蝶恋花·相思鸟

深院梧桐招凤鸟。

比翼寒枝，无怨春光少。

平地惊雷风雨暴，乱飞叨起相思草。

曾慕红棉多俊俏。

回首还林，自在花间闹。

何日踏归桑梓道，朝朝暮暮同怀抱？

沁园春·春雪

斗转星移，春寒料峭，窗外雪飘。
惜冰封江汉，琴台故里，交通阡陌，紫静红悄。
昔日东湖，繁忙绿道，千朵梅花怅寂寥。
白衣舞，挥袖含情赋，荆楚英豪。

仙姿曼妙多娇，散为雨、把田园灌浇。
看乡国上下，桑耕芒种，牛郎织女，欢畅云霄。
忍顾归期，携君之手，鹦鹉洲头洗客袍。
乘黄鹤，瞰高山流水，樱盛桃夭。

沁园春·所庆

弹指之间，潺潺细流，蔚成泱泱。
忆中环逐鹿，南达求法；远洋踏浪，竞泛慈航。
诸葛茅庐，青铜故里，布阵插旗守四方。
二十载，手仗三尺剑，行走荆襄。

大江东去汤汤，新时代、楼高路更长。
立南湖水畔，博文明理；珞珈山麓，弘毅图强。
仰望星空，激扬文字，桃李逢春迎朔光。
待来日，贺国昌家盛，百岁辉煌。

水调歌头·贺党百年华诞

风起暗云涌，大浪已滔天。
寄忧天下苍生，先辈聚红船。
奉献青春鲜血，罔顾身家性命，持志换人间。
走万里长路，解放旧家园。

聚民力，驱虎豹，保平安。
践行使命，初始心历久弥坚。
胸有千秋伟业，梦里萦怀中国，百岁正当年。
协力齐奋进，神州绘新篇。

后　记

　　虽然没有抒写优美诗句的才情，但是我总是忍不住以参差的文字排列，把爱恋的心情与幸福，把对生活的感悟和激情真实地记叙下来。辛勤的农人在丰年腊月将猪肉风干，待来年新春，甚至更长的时间里细细品尝。我把生活之中美好的感情封存在平常、平淡的文字里，以求来日的香醇，仅此而已。

　　生活如诗，而我确实不会写诗。我时常担心，将自己抒写的这些长短句称之为诗，会贻笑方家。于是，将这本小册子命名"如诗集"。

　　是为后记。

图书在版编目（CIP）数据

如诗集 / 邢九彬著. --武汉：长江文艺出版社，2023. 1

ISBN 978-7-5702-2735-8

Ⅰ. ①如… Ⅱ. ①邢… Ⅲ. ①诗集－中国－当代 Ⅳ. ①I227

中国版本图书馆 CIP 数据核字(2022)第 071816 号

如诗集

RU SHI JI

责任编辑：胡　璇	责任校对：毛季慧
封面设计：源画设计	责任印制：邱　莉　　王光兴

出版：长江出版传媒 | 长江文艺出版社

地址：武汉市雄楚大街 268 号　　　邮编：430070

发行：长江文艺出版社

http://www.cjlap.com

印刷：湖北金港彩印有限公司

开本：880 毫米×1230 毫米	1/32	印张：4.625	插页：6 页
版次：2023 年 1 月第 1 版		2023 年 1 月第 1 次印刷	
行数：2960 行			

定价：48.00 元